萬俊人 著

悠齋清吟

悠齋詩詞聯語初集

中華書局

序

邵盈午

巴山楚水，孕英傑之耀采；岳麓花洲，煥人文之奇光。萬子俊人先生，當茲碩彥也。托湘流之靈逸，置講席於上庠。初受業於北大周輔成先生，覃研哲學倫理；後拜十翼先生爲師，兼治詩學。所獲覺知，恒銘方寸。不寧唯是，俊人兄學貫東西，敭歷中外。簿書鞅掌間，猶不廢吟哦。予與其訂交凡十餘載，每見輒無雜言，必以新詩相示，且嚶求不已。班荆道故，快慰平生，比諸前賢飯顆山頭之會，未知何如也。或問俊人兄素以治哲學擅名，緣何獨於歌詩酷嗜如是耶？蓋哲學偏重理性，故能允執厥中，葆全大和，合内外之聖道，參造化之神工；至如詩者，虞舜曰「言志」、陸機曰「緣情」，妙在皆可馳思入幻，出幽入明，控

古勒今，浚發性靈，啓其神智，心源中得，則變化靡測之神機，乃以可踐可履之道而應之，咸臻天彝，發用盛大矣。

抑有進者，清華乃煌煌上庠，學風熾盛，人文炳蔚，道脈綿延，大師輩出。梁啓超、王國維、陳寅恪、趙元任諸公，皆集大學問家與大詩人於一身，嘗先後入主國學研究院，光華騫舉，望實並隆，極一時之盛。因憶陳寅恪先生曩年力推「對對子」爲測試考生國文程度最妙之法，以爲形式雖簡而涵義豐富，且深合華夏民族語言文學之特性。卓見明論，直湊單微，超越諸多才士。洎乎今日，正法衰微，道脈絲懸。詩國光輝，徒存其目；吟壇耆宿，漸次凋零。俊人兄身膺清華人文學院院長，目之而心憂久矣，故加疾以呼，深期絕學再興，風騷復振，俾使後起者堅其心志，共擔弘揚詩教之大任，其宏願偉抱，殆與前賢久已心照神契耶！月印薪傳，延大雅於一脈；槐廳載筆，揚異彩於東華！

庚子冬，俊人兄將其抒情倚聲聯語諸作，裒爲一集，且殷殷浼予爲之引喤。琳瑜百襆，望氣足以識寶；樗材寡學，焉能妄肆月旦！顧以苔岑雅契，平生同感，又弗敢以不文辭。縱觀全稿，取法上而取徑寬，尤重風雅比興，而探其情致，求其神骨，挹其華采，益以考槃在阿，痌瘝在抱，於是雲烟海岳，悉集毫端，發爲歌詩，一本至情，妙在務以稱其心所欲言，而以唱嘆出之，故不拘拘於漢魏六朝唐宋，亦不屑屑於吟成一字而鬚髭幾斷。以論體式，是集之律絕，法度雅正，情真韻純；倚聲師法姜吴，軌則俱在，清切可誦，於方今聲黨中不易得也。而其選調皆習見者，譬如郇厨佳饌，所用之芻豢鶏鶩，乃至齊鹽醯醢，洵爲常物，而風味却大異族庖，其必有意匠經營之所在。至若聯語，則獨出機杼，靈動如龍翔鳳翥，且唾棄凡近，造語渾雅，故頗爲十翼師所稱賞。洞啓鈐鍵，發千載古韻幽光；剞劂珠璣，留一代騷壇佳話。

且夫詩者，如也；如其人，如其學，如其德。俊人兄貞夷和雅，古愨有守，覿面可知，然於詩道却偏取「詩律傷嚴近寡恩」一路，尤忌文人間「作爲羔羊，濫於投贈」之俗套。予感其誠，故坦言其詩亦偶有失諧之病；雖然，猶不掩其美，陸士衡所謂「彼榛楛之勿翦，亦蒙榮於集翠」，屬意正復相同；况此等臨文失檢處，縱名家亦難盡免。至如俊人兄，自是虛衷善受，聞過則喜，其大度汪洋，夐乎非當茲徵逐朝市者所能夢見。苟能循次鑽味，盈科而進，所詣正難域限也。而顓魯如予，昧於斯道，謬承知遇，雖重之斯難之，遂勉竭枯禪，含毫抽緒，作此扣捫瞽者之言以應命，非敢云序也。

庚子冬月邵盈午於彭城褰蘭簃

目録

詩

詞

[illegible]泰清吟

詩

七律

步十翼師原韻遥和《南方洪災（巴黎）感吟》 壬辰仲夏

暴雨天哭兩慟知，慈懷泣淚寄心馳。
神州每有浮摇日，赤子從無袖手時。
莫使窮奇傷國脈，還由卧虎定皇基。
吾師夢繞家梁壁，且付詩箋寄愫絲。

賀王玉忠賢弟《玉忠鐫秋興八首》殺青 壬辰初秋

歲月封塵籀鐫紋，神刀一柄玉忠君。
曾從漢魏追三代，更自梁康到范門[一]。
戀石開張千古境，蘭亭啓示越時氛。
還將杜甫秋興意，直付唐中陽水聞[二]。

注釋

[一] 玉忠賢弟先後師從三位大師：著名鐫刻家梁燕愚先生，著名金石學家、書法家康殷先生，著名國學家、書畫家、詩人范曾先生。此乃句中「梁康」、「范門」之所謂者。

[二] 「陽水」者，即唐代中期最著名之鐫刻家李陽水先生之所謂也。

步十翼師原韻奉和　壬辰仲秋

鬧世辭傷可恕之，惟憂古調韻來遲。
茫茫九曲中流在，犖犖三思靜夜痴。
已是清華庭上客，還期碧水抱沖知[一]。
同吟百首壬辰卷，滿眼秋星范派詩。

注釋

[一]「碧水」者，在此專指范曾先生所居之地「碧水莊園」，位於北京北郊。

步原韻和解峰君七律《秋夕答月》　甲午中秋

天心豈止百年憂，歲月銀河夤夜遊。
太白沉吟杯底影，希文放筆意中樓。
能屏九日存高義，忍看孤輪過晚秋。
偉業從來期壯士，長亭飲罷賦神州。

五八生日感懷　丙申仲夏夜

黌門卅載難堪憶，博雅荷塘自兩棲。
總戀荊湘屈賈夢，還欣燕趙漸荊期。
三千史乘宗司馬，七二賢能慰仲尼。
獨上西樓思滿月，憑欄把斗淚煙漓。

依原韻和王革華詩友《四季雨吟》 丙申夏

四季紛紛雨不同，卮言天放潤初東。
棲遲不見東籬菊，感慨能當赤壁風。
故國浮摇期諾亞，遊吟漫遠羨洪鐘。
荷塘點點聲聲下，且作千行掛昊空。

丁酉新年晨吟

一夢寒梅已兩開，鄉愁寄客總徘徊。
此中熱烈虧三昧，無上清涼在五臺。
自古人生橋即路，由衷佛諦悟空霾。
從知子嘆川流意，煮酒温杯待友來。

清華大學二〇一七年全校職工大會感吟 丁酉春

幸有圓明鏡上庠，百年克紹續新航。
清華夢入中華夢，古國光開大國光。
科技椎輪龍步象，人文浴火鳳追凰。
黌門十翼凌雲翥，望眼東方正豔陽。

無題 戊戌仲夏夜

常羨老莊心曠遠，騎牛夢蝶放流年。
函關此去無遼鶴，卧石從知不老仙。
遠近高低諸坎坷，晨昏晝夜自連綿。
人生哲學誰堪許？且待聽風任逝川。

試步原韻和湯雲柯博士之《登岳陽樓》 丁酉仲秋

鄉愁總在夢中遊，一夕洞庭水上秋。
憂樂憑軒斟范句，往來把酒駐斯樓。
蓮開太極翻新理，棹借長波渡晚舟。
吴帶楚風欣共舞，陳醅只許舊沙鷗。

致敬王岐山先生 丁酉重陽節

長安路盡是西山，越過西山返晉關。
天命斡臣風送鶴，一朝老相露封禪。
離騷韻在汴梁府，過秦音流隱士間。
忠烈千秋同龜鑒，好憑肝膽照君顏。

秋末日訪黄鶴樓 丁酉秋末日黄昏

雲悠鶴渺樓依舊，欲覓仙蹤已晚秋。
崔李争聲吟絶句，龜蛇互對訴離愁。
漢陽怎造天朝夢，昌鎮能興正義謀。
屈子長沙舟競走，千帆正勁大江流。

訪西安 丁酉冬末

夢裏長安古道荒，駝鈴杳遠漠蒼茫。
半坡八水開初種，秦嶺千山列始皇。
大雁藏經翻佛語，絲綢拂路渡慈航。
行吟李杜闌干意，但見煙霞籠漢唐。

寒夜露臺隨吟　丁酉殘冬夜

恍覺流年怕問秋，渾然弱水泛孤舟。
北清輾轉雲浮月，冷暖從知鶴去樓。
寂寞還憑菸作伴，忘憂再借酒澆愁。
艱難苦恨風吹雪，老窖重温待舊鷗。

夜語　戊戌元宵子夜

秋冬未雪洗長安，不恨春遲只覺寒。
萬里妻兒猶輾轉，千行筆墨正闌干。
心沉子夜心無隱，月到元宵月自圓。
大夢乘風平野曠，真如自在是平凡。

驚蟄隨吟　戊戌驚蟄日

久待驚雷竟未來，寒梅幾點野坡開。
雨師應解桑田意，漁父何抒屈子懷。
大化無形多浸潤，重生有意總徘徊。
堂前舊燕今何在？筆底春光月滿齋。

静安先生碑謁　戊戌初春

清華園裏一豐碑，世變中流國學維。
三境登高開勝域，五星滙聚領文魁。
義無再辱爲君絶，忠在惟尊與命違。
野鶴閒雲天岸意，孤帆遠影盡霞微。

接南宋楊萬里《小池》餘韻 戊戌初夏

纔欣菡萏尖尖秀，便遇瀟瀟雨打頭。
夏至春消空換景，期頤節慶枉添愁。
輕煙散入廬間過，逝水長盈石上留。
六月原無詩意景，荷塘月色待中秋。

題贈《我與〈讀書〉四十年》 戊戌八月

創刊復學幸同年，四十春秋鬧市邊。
筆底輕風雲上鶴，亭間老窖酒中仙。
真言不辱千秋史，淡墨無痕一片天。
勝讀從來言外意，文心敢奉少卿前。

哈佛大學愛默生樓記憶[一] 戊戌晚秋作，庚子秋改定

側學斯樓幾度春，高壇喚醒夢中人。
自然瓦爾登湖景，絶妙牆眉智者云。
實用爲綱開本派，諸元張目渡文津。
往來多少逍遥客，無愧玄關第一門。

注釋

[一] 愛默生樓（Emerson Hall）乃美國哈佛大學哲學系之所在，以十九世紀美國著名思想家、文學家愛默生的名字命名。愛默生被美國總統林肯讚譽爲「美國文明之父」。該樓北面牆眉上用拉丁文鐫刻著一句名言：「人是什麼？來此琢磨琢磨！」哈佛哲學以原創「實用主義」而聞名，「哈佛哲學」亦即「美國哲學」的代名詞。

過徐州寄盈午詩兄　戊戌冬小雪次日

幾回夢裏彭城見，車過須臾一望間。
每飲長亭劉白賦，常彈陋室伯鍾弦。
茱萸遍插東山下，木蔦長青驛站邊。
且待重逢詩煮酒，千杯共醉謫仙前。

二〇一九元旦夜感懷

春夏秋冬又一年，屠蘇幾盞伴無眠。
流星閃耀寒窗外，冷月朦朧淚眼前。
忍別華庭終自悟，回歸陋室始悠然。
原知夢裏身爲客，何必離廬入漢川？

二〇一九元月八日周恩來總理祭日懷吟

四十三年一瞬間，長街百里淚依然。
鞠躬盡瘁先師表，俯首甘爲國宰篇。
大廈將傾承大木，高山永立舉高天。
千秋信史人心鑒，解語花開泰岳巔。

圓明園黄昏散步有懷　戊戌隆冬

夕陽殘照圓明静，斷石猶期老客卿。
眼底奔來烽火烈，叢邊竄起虎狼狰。
誰言玉宇藏天夢，我仗孤蓬渡海瀛。
八國何能焚古國，阿房訴與杜公聽。

賀劉波（荷生）友弟編著《蓮現蓮成——迦陵詩詞中之意與象：荷生劉波書畫展》殺青[一]　戊戌歲末

迦陵妙韻荷生畫，道契幽塘九品花。
蓮現蓮成緣不染，葦來葦往渡無涯。
濂溪愛許清漣色，佛祖慈懷彼岸霞。
敢領方家書外意，紅塵亦可覓芳華。

注釋

[一]金秋時節，《蓮現蓮成——迦陵詩詞中之意與象：荷生劉波書畫展》於南開大學隆重開展，成爲南開大學百年華誕誌慶之一盛事。不日，書乃成並於北京大學中國畫法研究院舉行氏著座談會。吾因故先後爽約未至，深感歉疚！近日偷閒拜讀氏著，蓮香撲面沁心。念故園洞庭乃蓮冠天下之所，吾浸潤其中既久，竟未得迦陵先生暨劉波友弟這等蓮現蓮成之慧覺，慚疚何其深重！無盡心緒，湧上心頭，星夜庭中悵望，惜惜然有所感懷，於是吟之如斯，以釋心跡於十一耳？！

遠赴美國洛杉磯探親團年　己亥春節

飛遊萬里覓新桃，符換天門掛碧霄。
且補妻兒消悵望，終虧父母養劬勞。
思鄉或詡他鄉好，去國方知故國遙。
耳順多艱何兩顧，心頭腑底盡離騷。

步故鄉詩壇盟主熊東遨先生之《茅臺禮贊》妙韻敬和

己亥春

狂吟最羨飲飛天，俯掃群山頂上然。
半盞頃間舒道骨，三巡過後醉神仙。
清香勝乳仁醇厚，赤水如歌義浩圓。
擊節懷呼將進酒，青蓮伴我入雲巔。

己亥仲夏埃及旅途急就（同韻二首）

己亥仲夏

之一：金字塔

雄踞大漠五千年，慣看繁星落日圓。
金字塔中無法老，尼羅河畔換神仙。
文明始肇參生死，史乘終歸化雨煙。
木乃伊藏天命夢，奈何衆妙道空玄。

之二：獅身人面像

古國埃邦大漠邊，神工鬼斧巨雕前。
獅身人面謎誰解，帝意春心夢自圓。
萬古玄題無答卷，千蒼化石有遺篇。
德兒斐廟箴言確，識汝何人在此間。

秋月夜吟

己亥中秋子夜

年年此刻韻來頻，總羡嬋娟折桂人。
月滿他鄉遷客意，秋收故土布衣心。
離愁入夢家山老，勝境成真化外新。
獨上高樓空把酒，繁星笑我又孤吟。

重陽寒露雙節吟

己亥寒露節

露染重陽雨打萍，依籬採菊卷黄昏。
何欣對飲茱萸意，枉羡群芳岸柳春。
放釣無期知己酒，觀棋不語爛柯人。
匆匆過客寒霜路，大雁南飛又一巡。

題衡陽石鼓書院[一]

己亥秋末

黌學開先第一門，湖湘文化作初薪。
風敲石鼓音空渺，月照蓮花質本真。
三水長流屈賈夢，七賢會飲樂憂樽。
南圖萬里鯤鵬志，蝌蚪還期慧眼人。

注釋

[一] 衡陽（古稱衡州）石鼓書院門開唐元和五年（八一〇年），距今已有一千二百餘年的歷史，爲我國古代四大書院之首，歷經磨難，幾番毀壞又幾番重修，俾能屹立至今。相傳宋代理學創始者周敦頤家距離石鼓書院僅六百米之遥，韓愈、李寬、周敦頤、李士真、朱熹、張軾、黄榦七賢先後進駐過石鼓書院，故石鼓書院又稱「七賢祠」。石鼓書院有「三不」之妙説，即：翻不懂的書（朱

熹《衡州石鼓書院記》之石刻）、敲不響的（石）鼓、識不得的蝌蚪文。

詠梅——寄門庭諸生 己亥隆冬

厲厲蕭蕭落木丘，寒梅幾點惹回眸。
叢開嶺上無雙色，自是花中第一流。
冷豔多虧冰雪斂，清香豈與酒歌浮。
凌風傲立空山語，不羡群芳羡隱悠。

子鼠春節攜家人返岳陽探親遇感 庚子春節

子鼠年關返故鄉，天低雨厚罩湖江。
瘟馳九省通衢閉，惑感八方路客慌。
新燕呢喃春未見，社君吱啞酒無香。
往來憂樂離騷意，願把江城作岳陽。

寄武漢諸友 庚子春節

瘟神肆虐江城恙，果使龜蛇鎖大江。
望斷晴川憂老友，吟沉赤壁寄衷腸。
臘梅不忍欺殘雪，新命猶期煥舊邦。
幾縷高山流水意，一行鷗鷺向荊襄。

觀八大山人畫之「白眼」有感　庚子春

隔世蒼涼轉眼瞀，清風有意月殤殘。
賒空只爲天藏色，眄白翻看畫外言。
墨淚無多蕉鹿夢，山河未改酒神仙。
何人對飲佯狂叟，妙筆道心孰可傳。

佛誕感念　庚子晚春

無憂樹下甘霖降，佛誕雲開露曙光。
雙手指天驚大地，九龍吐水澤汪洋。
今生不識諸緣起，彼岸何期一葦航。
法相莊嚴空底事，蓮花成現坐禪忘。

北大母校一二二週年華誕寄韻　庚子春末

百廿添雙小慶年，敢憑五四肇新元。
塔湖相映春秋晃，德賽齊標博雅軒。
弘道何須名號確，郁文只爲火薪傳。
思縈朗潤燃燈者，微笑拈花立雪緣。

清華大學「雲上課堂」：在綫總結、分享與展望有懷　庚子仲夏（公曆七月三日）

大美清華雨課堂，雲端傳授解蒼茫。
星光點燭繁星燦，昊宇開壇碧昊煌。
承諾千鈞行自健，領航一葦渡無疆。

殤春化作金秋季，月色方塘菡萏香。

應劉曉峰兄編《我的高考回憶》（暫名）之文約有懷　庚子孟秋

歲月如溪亂石穿，流光四十一年前。
公車久曠前途眇，濕夢依稀學運愆。
孰信焚書能鑄鼎，唯從立雪可臨泉。
文稱唐宋非秦漢，王道當循教化緣。

七絶

春分即吟　戊戌春分日

北國春分雨夜遲，猶思故里少年時。
騎牛嶺上呼風雨，喚醒家山疊翠詩。

春雨行　戊戌驚蟄日改丁酉初春舊句

漫步春風細柳斜，心悠絮散掛愁杈。
偏逢陣雨迎頭灑，怎忍慌逃踏落花。

己亥中秋夜寢前急句

一葉知秋楓景色，千江共月桂花馨。
惜無老友同聲唱，對飲三人自淺吟。

晨讀王玉明院士《七十週年國慶觀禮遠見胡錦濤同志明顯衰老感懷》，步其原韻急和

公曆二〇一九年十月五日晨

東籬採菊看晴陰，決不折騰鑒古今。
質本清華幽靜谷，濤聲依舊叩人心。

京城春雪夜即興口占

庚子正月十三子夜

夜雪悄悄報晚春，澄清瘴癘洗凡塵。
天留大白呼神筆，潑墨朝霞柳上茵。

痛悼武漢李文亮大夫

庚子正月十四子夜

江城噩耗淚紛紛，警哨聲聲隔世聞。
敢教春雷驚惡夢，寒時痛負抱薪人。

步孫明君兄《荷塘雨課堂》原韻急和　庚子年春季開學時節

抗疫開鑾兩袖忙，滇池舊夢入荷塘。
山川異域同風月，雨課知春沐萬鄉。

附：孫明君兄原詩

荷塘雨課堂

序：庚子春，新冠肺炎肆虐，清華啓用「雨課堂」授課。

設計翻新試播忙，無邊絲雨潤池塘。
山川異域未妨學，傳道何曾隔異鄉？

爲清華網上課堂成功贊　庚子初春

任憑曠野瘟塵勁，我自荷塘潤有聲。
便是千山雲水隔，春風化雨育天成。

步濠鏡馮傾城君原韻急和其《端午懷屈子》　庚子端午

又起離騷問昊天，懷沙不捨付流川。
春秋代序夫先導，誰續九章第十篇？

附：馮傾城原詩

端午懷屈子

粽艾飄香五月天，龍舟疊鼓渡晴川。

詩騷修遠懷湘水，濠鏡長吟愛國篇。

秋興四式　庚子中秋廈門航途中

秋愁其一

星寒月冷孤燈瘦，滿紙荒唐也漏愁。
縱使茅棚連夜雨，何妨石上記紅樓。

秋憶其二

正是洞庭五彩期，荷塘棹影漫秋池。
他鄉景色多迷眼，總有相思暫眩時。

秋殤其三

老樹枯枝空悵望，秋風淚目對殘陽。
流霞天岸翻紅雨，兩眼蒼茫兩鬢霜。

秋時其四

秋露秋霜秋雨冷，葉黃葉露葉飄零。
原知萬物風雲過，豈吝棲遲愛晚亭。

飲食趣味四吟　庚子初夏

之一：酒

天地杯中蕩，憂愁拜杜康。
亭間醉賦好，何必羨高堂。

之二：紅燒肉

穿腸共酒過，最戀是東坡。
面佛羞無語，身心兩不和。

之三：花生米

祥名多善信，不愧素中葷。
粒粒呼添酒，詩接七步吟。

之四：小米粥

曾親隴上顔，金燦耀天邊。
瓦釜長熬燜，瓷牙細品咽。
味生沽小菜，滋補護殘年。
若與遼參飪，饞殺老饕仙。

金縷曲·悼楊絳先生　丙申仲夏日

雨過先生走，始逃出、紅塵鬧市，淡然揮手。百載千回禪筆意，寫下月清星瘦。便留作、箴言北斗。萬户家常存腑底，更心儀、寂寥三人秀。義爲左，愛爲右。　相夫教女仁君壽。忍別離，從容静守，孤燈盡晝。曾與風車乘鶴翥，只記沙鷗老友。可見寒山舟客否？故國江河濤淚酒，感蒼天、昨日彩虹後。夫子道，無生有。

金縷曲·悼葉秀山先生　丙申初秋

昨夜天星落，葉飄零，松寒鶴隱，雨泣風嘯。怎的初秋霜似雪，没了哲人談笑。痛惜失、濂翁誨誥。自此當朝無智愛，更那堪、現代思詩渺。子藏語，世藏道。　清華有幸先生教。二十年，群科復始，人文再造。三顧茅廬欣慨允，且作鷗庭舞蹈。又欣見荷塘月照。古典猶存希臘廟，嘆饕門、爾後鴻儒少。師永遠，天何老。

沁園春・敬賀長沙曾翁釗新先生八秩華誕　丙申初秋

野鶴斯翁，只羨丘樊，獨愛竹松。寄凌雲壯志，三函貝葉，千聲大呂，萬壑洪鐘。道德文章，猶聞屈賈，孰信風騷楚韻終？憑鐵筆、寫人間日用，夢裏星空。　情懷豈止隆中。怎忍賦、秋蟬與夏蟲。幸程門立雪，鵝池潑墨，扶鷹越嶺，引鳳來桐。樂有沙鷗，憂藏漏罕，晚景還欣杜牧楓。期痛飲、且重温老酒，不改初衷。

水龍吟・步張進先生原韻試和其《哈佛大學》　丙申初春

高吟總喚詩鐘，還因哈佛存遺夢。皇皇帝國，巍巍學府，從來勁動。幾代宗師，幾多賢哲，棟梁尤衆。感燕京[一]鶴影，北清鹿洞，憂與樂，時相擁。　奈我黌門霧籠，竟何堪、天人殊共。初心不見，上庠失序，文心冷凍。故地猶期，老樹新發，不憚霜重。愛默生樓裏，借之津渡，以爲經用。

注釋

[一]「燕京」此處指我首次訪學哈佛所在的「哈佛—燕京學社」。

金縷曲·清明祭父

丁酉清明節前夕

又見清明雨，奈何從，身躭北國，夢回南浦。欲祭家尊歸不得，愧對故園慈父。淚空灑、他鄉陌土。或以寒食酬熱哺，卻難温、雪夜爐邊語。子孤痛，母尤苦。　焚膏繼晷窮年齲。幸遺留，山門疊翠，詩箋幾許。坎坷衙門兩袖風，但剩千家敬予。更長嘆、洞庭遠去。一世中和誰可與？待重吟、范記樂憂句。家訓在，傳法乳。

疏影·祭恩師周公輔成先生

丁酉清明子夜

清明靜夜，淚眼尋朗潤[一]，新柳殘月。夢見恩師，怯叩空門，且當再次來謁。難忘鹿洞親夫子，盡笑語、孔顏之樂。繼絶學，信步中西，正是九夷仙客。　何懼猿啼兩岸，借彩雲放棹，千里飛越。細雨輕潛，燭炬餘灰，培得滿園春色。未名博雅燃燈者[二]，傳授解，未曾稍懈。壽百歲，天命如斯，無愧杏壇高節。

注釋

[一]「朗潤」此處指先生居所北京大學朗潤園。

[二]「燃燈者」借自師兄趙越勝之《燃燈者》一書（牛津大學出版社二〇一〇年出版）。該書由三篇傳記組成，「燃燈者」爲其中首篇最長者，乃師兄付數年之燭專

門爲先生所作。

沁園春·穀雨夜即吟　丁酉

細雨稠春，瀝瀝其濛，没了路人。問南來大雁，堂前乙鳥，汀洲翠隱，小院青禽。未盡何期？曾經不返，昨夜星辰幻亦真。川流急，嘆江山易改，歲月無痕。休殤花果飄零，即便是、芳菲碾作塵。縱少年知味，中秋共影；依然上下，總許虧盈。復也乎嬰，空之者相，卻信悠齋道有鄰。聲聲慢，喚吾兒換酒，萬古千樽。

風入松·西湖重遊　丙申春末

依然霧籠雨霏霏，西子意難違。曾經共煮寒星夜，幾杯酒、幾縷春暉。柳堤煙波似舊，伊人舞袖如歸。霓虹電閃影巍巍，惟見蝶紛飛。從來只許豔芳菲，怎當下、燕瘦魚肥。棹網群鷗不見，時光四季輪迴。

沁園春·賀文藝座談會（二〇一四年）

甲午秋

十月金秋，七二鴻儒，一代棟梁。躍紅塵浪裏，青燈户外，終銘陋室，始著皇堂。雅頌風騷，蘇辛李杜，故國斯文待舉張。欣盛世，信大師巨筆，再現周唐。　峰高岸遠何妨？且放棹，千帆競海洋。感百年憂患，群生苦恨；外崇内賤，宗疏典忘。文革霜重，茅屋雨泛，花果飄零工部殤。詩不朽，寫神州錦繡，廣厦輝煌。

滿江紅·步十翼師原韻奉和《慶祝世界反法西斯戰爭勝利七十週年》

甲午隆冬

七十年前，狼煙動、寰球濫蠍。齊奮起，策蹬張弓，護疆征伐。倒海翻江天覆地，披肝瀝膽烽燎骨。問上蒼，失億萬生靈，誰能忽？　怨當解，仇不結；史爲鏡，城空設。但人間大義，豈容稍屑？正道滄桑清滌濁，陳醅久釀濃還烈。再傾杯、夕照酹陵園，殘陽雪。

望海潮・賀十翼師精品意大利羅馬維多利亞宮大展並受大將軍勛章

乙未仲夏

藝林蒼莽，競峰爭秀，中華大木誰儔？展翅未來，憑欄北望，鯤鵬意拂歐洲。帝國夢何愁。嘆人世塵俗，雅座孤謀。不忍喧囂，一聲長吼，雜音收。

幽蘭靜谷芳遒。策先鞭羅馬，昭我光彪。交響中西，共擔往繼，箕裘克紹風流。潑墨寫春秋。驚遠東風采，卓越山叟。配得勛章上譽，奇跡足堪酬。

江城子・和唐文明君《丁酉生日記夢》

丁酉初冬

江山入夢意彷徨。運知時，路蒼茫。克紹箕裘，敢賦寄周唐。水斷旃憂期古井，渡孤舟，越洪荒。

三千信史妙文章，古通今，晉融湘。攬轡登車，萬里蹄飛揚。又見曾經黑駿馬[一]，天岸遠，自由韁。

注釋

[一] 唐文明君當年報考門下博士生時，曾經寄我一冊油印詩集《黑駿馬》。吾甚喜之！

暮山溪·無題　丁酉初冬

纔欣菊燦，轉眼黄花瘦。滿地葉飄零，風捲起、初冬時候。今秋殊短，恰北國其尤。將進酒，與君訴，韻濕浸長袖。　飛流直下，那禁孤舟漏。欲聽舊濤聲，偏又是、無眠一宿。眉心怎解，枝蔓鎖離愁。楓愛晚，期回首，燈火闌珊後。

滿庭芳·秋嘆　丁酉晚秋雨夜

過客匆匆，飛花卸果，且留一片楓紅。幾多秋興，盡在杜吟中。露濕寒衣落葉，還忍赴、冰雪嚴冬。千尋外，扶籬老母，衾薄待兒烘。　嘆雲心復水，輕舟兩岸，碧海孤蓬。不醒屈賈夢，付予蒼穹。便是雄關漫道，真騎士、縱馬天風。抬頭望，又見夔門，難禁淚濛濛。

風入松·清華大學文學創作與研究中心成立典禮誌慶　丁酉仲夏

荷塘仲夏最清華，文創綻奇葩。高山聚首聽流水，律心同，子遇伯牙。遠近依稀白雪，東西正勁胡笳。曾經日出照圍城，翻作舊琵琶。還欣江南三部曲，意纏綿，縱酒飛花。此地千番紫氣，天邊一片丹霞。

鷓鴣天·步原韻試和羅春清君寄詞　丁酉冬末

過往匆匆浮世場，臨樓崔李意難忘。誰知鸚鵡期黃鶴，我羨鳳凰沐夕陽。　波汩汩，靄悠悠，白雲深處有蘭香。愁中結緒三千尺，醉後和嚶又幾行。

附：羅春清贈寄原詞

鷓鴣天

自美術街行至王府井，過涵芬樓得句，湊成此調。

舉國繁華又過場，江湖到此兩相忘。何妨霓彩成朝露，讓與亂鴉塗夕陽。　穿擾攘，認興亡，悄無人處嗅書香。涵芬樓下春如紙，印過愁痕第幾行。

慶春澤·遥拜母親八十壽 丁酉臘月初五，大寒次日

南叩高堂，三聲淚下，拜吾八秩親娘。七子嗷嗷，幾多雪雨風霜。村頭每望遊兒返，綫心牽密密綿長。走天涯，孟母還遷，背刺無忘。　沉浮冷暖空惆悵，幸初心未改，不論何方。問柳沿溪，春暉照我還鄉。家山正待歸林鳥，見炊煙怎個徬徨。又聞聽，舊燕輕盈，牧笛悠揚。

詞

東風第一枝·戊戌詠懷 丁酉除夕望戊戌元日

甲子流年，常思憲問，齊家治國雙欠。雪消過往殤痕，還闕樂憂信念。書生一介，空豪邁，殘車斷劍。便重吟汨水離騷，漫説雀臺無冕。　煙渺渺，鶴蹤隱現。波漫漫，水光灩瀲。縱憑半葉扁舟，也凌浪峰天塹。依然夢裏，誰驚醒，戊戌新變。向南岸孰與同飛，且作自由春燕。

滿庭芳·賀崔來洲先生國畫雅集

戊戌初春

浮世紛紜，難言繪事，幾希浄硯清魂。滿塘凋敝，無處覓荷萍。華夏春秋本色，憑誰寫，氣韻形神。抬頭望，豫州畫客，尚留一芳芬。

三蟈嬉寒鵲，空山細雨，笛泣蟬呻。點綫勾微妙，淡墨梅痕。碧水丹青不朽，須大筆，潑洗凡塵。幽蘭谷，崔君腕底，素樸見純真。[一]

注釋

[一] 下闋中「三蟈」、「寒鵲」、「空山細雨」、「笛泣」、「蟬呻」等語詞，均取自崔來洲先生原畫的畫名或畫意。特此注明，不敢掠崔公之美。

齊天樂·致清華人文校友詞

戊戌仲春（清華大學校慶日）

春風未改依楊柳，鄉愁總在離後。卧崗碑銘，荷塘月色，夢裏如約回首。藤蘿石上，是夫子行吟，紫光雕鏤。百載賡接，鳳凰浴火學衡壽。

滄桑殊堪把酒，對青絲白鬢，星座雲岫。一束芬芳，三聲問候，幾度嗚咽濕透。清華水木，滿眼燕歸來，盛時天佑。與汝乾杯，爲人文不朽！

定風波·訪京郊懷柔水長城有感　戊戌晚秋

六百年餘抱水沖，雲騰萬里一銀龍。慣看天風驅劍馬，如畫，群山入列鎖煙烽。　換得青峰懷碧玉，傷瀕，迎來激烈改從容。興替兩分依大道，存照，剛柔相濟是中庸。

南鄉子·金陵舊遊吟　丁酉晚秋初稿於寧城　戊戌仲夏夜改定於京郊

又上閱江樓，虎踞龍盤左岸秋。金粉六朝歌伴酒，何愁？十里秦淮舞未休。　吴带競風流，鵬負東南日夜浮。憂樂無忘千古鏡，誰聽？且換新詞賦舊遊。

滿江紅·秋吟　戊戌仲秋

秋上心頭，愁如是、霜重露厚。誰載動、這般傷逝，幾多枯漏？擲筆空悲青史老，傾杯一嘆黄花瘦。淚眼看，送冷月西沉，天邊岫。　夔門興，吟八首；樓外月，藏紅袖。任蕭蕭落木，故園依舊。大漠茫茫鴻雁渺，寒風陣陣烏衣透。竹林間、似散廣陵音，何人奏？

摸魚兒・郊外初冬夜吟　戊戌小雪日

夜闌干、聽無聲處，只留寒月相與。回頭不見珠簾卷，秋葉舊夢離去。枯樹訴！期大雪、茫茫一片遮愁絮。千尋潔素，且洗滌凡塵，看燈弄筆，對影品禪語。　高樓冷，仰望何如低俯。從知天命孤旅。茅廬尚有炊煙景，籬外落霞誰護？吾自許。屈子調、惝惘九曲空音注。風神息鼓。或默念殘詞，輕舒廣袖，狂賦共雲翥。

金縷曲・悼李學勤先生[一]　己亥初春

淚下梅時雨，泰山崩，黌門折棟，翰林失柱。辨釋綴綜虧聖手，孰許走出疑古？忍拋卻，青銅甲骨。幸有分梳開兩系，渡關津、賴以甄玄譜。翁去也，鶴雲翥。　慣看隱約塵封處。炬如斯，文心燭照，慧言法乳。敢把陳醅重論煮，且與四堂一聚。斷三代，猶追遠祖。信史從知司馬苦，報任安再奉千秋句。俯首聽，先生語。

注釋

[一] 特別致謝同事好友劉石教授和解峰君在此詞初稿交流中給予的點撥雅正！

慶春澤·初春有懷　己亥初春

新緑初睟，蒼茫漸褪，喜樂頻上心頭。歸燕還期，舊鷗已去瀛洲。關門自有春秋景，酒猶酣，李杜同儔。復何言，過客熙熙，野鹿呦呦。　春來正是愁時候，看神奇腐朽，興替沉浮。此度輝煌，無非昨日風流。停車只恐楓亭晚，意難違，雨巷重遊。便由它，萬樹梨花，一系孤舟。

千秋歲·胡耀邦逝世卅週年祭　己亥春，耀邦公祭日

春潮又漲，淚眼潘陽曠。孤雁落，天星亮。九江湘水隔，一代明君葬。豐碑起，共青城外霞波漭。　冤假公裁奪，正義誰思量？梅雨識，松風唱。衡廬山依舊，屈賈懷難放。三十矣，千秋寫照人心上。

水調歌頭·教師節感懷　己亥初秋

白露秋寒漸，瀝瀝雨中天。紛紛微信驚醒，夫子杏壇眠。最憶先生朗潤，總記斜陽老樹，博雅未名言。昨日拈花笑，立雪付華年。　孤身轉，持三尺，掌燈傳。龍場鹿洞、臨竹面壁幾人仙？路有高低遠近，嶺羨青葱翠緑，都尚頂峰巔。不是真騎士，怎敢著先鞭？

金縷曲·大學入學四十年聚會約有懷　己亥秋

四十離愁後，喜重逢、青葱不見，白絲紋首。正是秋來康樂季，好個紫荊花秀。且同唱、濤聲依舊。醉飲還呼將進酒，哪管它、手抖壺空漏。笑含淚，淚沾袖。　雲沉鳥倦黄昏後。趁此時、南山放馬，溪邊釣鬣。一代愚公三世苦，但換兒孫獅吼。國史能留無韻否？望眼流霞天岸走，再相約、只爲收紅豆。天不老，人長久。

齊天樂·國慶七十華誕大典暨閱兵式親歷感懷

公曆二〇一九年十月一日夜

煌煌浩史五千歲，江山幾多興替。往事無忘，今朝有夢，此刻長安齊會。旌旗獵獵，看受閱三軍，陣雄兵鋭。海岳同行，白鴿七萬伴前衛。　初心壯懷激烈，付中華使命，還賴吾輩。浴火重生，鳳凰再翥，大業猶期仍未。重回赤壁，叩酣睡東坡，古今勾兑。互競風流，作神遊共醉。

滿江紅·初拜湘西草堂有懷

己亥秋末夜，於湘南雁城衡陽林隱賓館一三二八室

久望茅廬，今來叩、先生賜許。藤纏夢、竹遮林隱，坐集千古。七尺從天擎一柱，六經責我開無主。絶筆留、八百萬宏文，何人注？　屈子問，誰可賦？心理外，船山語。煥湖湘氣象，驀然雄翥。石鼓由之空谷壯，濂溪更著春潮巨。雁回眸、看故國新邦，祥雲聚。

翠樓吟·秋殤

己亥秋末

葉落枝疏，荷殘月冷，秋殤最堪濕語。看斑斕景色，雁飛過，叫聲如訴。風吹雨打，更露重霜凝，紛紛逝去。飄零意，一番淒美，幾多愁緒。

且住！這等形銷，怎忍卿來睹，悵然些許。憶宵林簌簌，似禪籟，醉翁猶賦。星移斗轉，淚眼望雲煙，姿顏不駐。誰能護？地荒天老，物虛人苦。

浪淘沙·致抗擊武漢癘疫之白衣天使

庚子正月初四傍晚急就

又見白衣人，血戰瘟神。江城不懼倒寒春。滄海橫流真本色，玉鑄其身。

天降佑凡塵，濟世醫民。波希誓諾重千鈞。百草萬方都是愛，使命其尊。

水調歌頭·致敬鍾南山大夫

庚子正月初七子夜

癘瘴危江漢，四海噤寒蟬。狂瀾既倒誰挽？砥柱倚南山。依舊當年國士，恰似歸來黃鶴，華夏大醫還。真話如真藥，正義破雲天。

望先父，聞民苦，問時難。切脈全憑聖手，上善若潺涓。道勝仁心本草，德澤庶黎百代，業不在仙丹。大地書宏論，何必拜名刊。

水調歌頭·致武漢　庚子立春日

雪霽春初曙，武漢曠通衢。盤龍猶困江渚，黃鶴渺空虛。三鎮八街故壘，萬户千村閉廡，難不想周瑜。赤壁重開戰，合縱楚天舒。

屈原嘆，蘇軾賦，我噎語。何須怨恨，風雨過後彩虹殊。自古神奇城市，今世英雄兒女，依舊大中樞。道既鄰仁義，德善豈能孤？！

蝶戀花·祭情人節　公元二〇二〇情人節

蝶戀鮮花蜂採蜜。可惜春遲，不解風情意。雪雨交加株掛淚，鵲橋彼此期無泊。

户閉城封心佛戾。窗外蒼茫，眼角悲涼涕。獨上西樓空把酒，伊人對飲青春祭。

沁園春·步十翼師原韻奉和　庚子初春

坐望歸鴻雁，卧聽窗風，楚地已通。喜師翁韻起，排雲喚鶴，諸生興應，擊鼓盤龍。碧水蘭亭，抱沖曠野，縱馬東臨滄海雄。憑十翼，問鴟鴞燕雀，敢比從容？

憂心淚眼朦朧。懷赤壁、尤期古道弘。遇新冠瘴癘，中樞疫恐，通衢壘亂，舉國徵宏。泰岳峰高，黃河岸聳，大賦懸聯樂見重。撫雙鬢，作天留大白，再潑葱蘢。

附：范曾先生原詞

沁園春·述懷示友人與衆弟子並索和　庚子春

野鶴歸飛，巷陌猶存，梓里古通。記祖裔擊節，過雲掀浪，家翁浩唱，起鳳騰龍。苟簡簞瓢，浩繁典帙，追縱蘇黃

千載雄。居高潔，任鴟嘲燕啄，不礙從容。遥看天外長虹，真絢爛，於今吾足弘。便義之崔偉，猶堪平視，個山跌宕，試比用宏。孔府碑文，岱宗楹句，樸茂何曾雅士重。忘鬢霜，有少年逸興，敢謝葱蘢。

金縷曲·庚子清明祭

庚子清明節

最濕清明雨，又偏逢、瘟侵漢水，霧籠荊楚。鶴去樓空芳草地，只剩葬花人佇。向天問、哨音震谷。燕泣櫻凋殘緒浦，怎禁它、盡落傷心處。淚難祭，酒還煮。誠惶癘瘴罩寰宇。四下看、哀鴻遍野，驚魂閉户。一葦航之生死旅，命運沉浮共赴。苦海無邊人有渡。異域山川同冷月，掛新枝、摇曳聽風雨。這傾訴，聲聲苦。

鳳來朝·步韓倚雲《鳳來朝·庚子春詞》原韻試和

庚子晚春夜

簌簌窗風惡。怎能眠、天星笑我。聽春詞韻動、會溫和。夢中斷、會心過。夜泊楓橋寂寞。月微茫、燈花幾朵。寺寂靜、愁真個。意依舊、淚空墮。

附：韓倚雲原詞

鳳來朝·庚子春詞

一夜東風惡。步閒庭、情枝伴我。嘆春詞寫罷、無人和。又今日、淚中過。身似征船無舵。望天邊、林花萬朵。為底事、偏懷個？羅衣去、兩眉鎖。

浪淘沙·再步韓倚雲《浪淘沙·庚子春詞》原韻試和

庚子晚春夜

桃西喜風迎，豈忍孤平。雙溪綠水漫柔情。只恐輕舟裝不下，有負春生。櫻落寂無聲，芬盡芳傾。廣寒靜照麗人庭。許是前番緣未了，再尋流星。

附：韓倚雲原詞

浪淘沙·庚子春詞

獨坐對山青，思緒難平。幾生修得到無情？卻道多情心未滅，緣了今生。流水去華華，歲月如傾。夜來幽夢到天庭。倘若廣寒留我住，手牽繁星。

滿江紅・「五四」遺懷 庚子春末

五四難忘，春將去、流年不返。今與昔、曾經烽火，尚能樵爨。南北上庠求學路，春秋繁露燃燈案。怎奈他、往事總如煙，空嗟嘆。　古今辯，誰可判；中外比，尤難斷。問高低進退，豈容輕慢？德賽同聲交響樂，東西互鏡多維善。滿江紅、看浪湧霞蒸，奔天岸。

水龍吟・老家岳陽大水祈願 庚子仲夏雨夜

鄉愁又陷沉浮，蒼茫不見江南渚。雲天失際，山河失色，千村失駐。屈子何憂？杜公何嘆？女媧何補？問幾多苦難，還欺湘女？憑淚竹，汪洋渡。　許是鳳凰如浴，欲重生，焰織新羽。漁歌絕唱，鷺鷗空影，皆輪夏雨。幸有層樓，總來騷客，可期霞曙。信終能喚起，龍舟柳岸，續巴陵賦。

借板橋句意爲天津「盤山書院」題

仙鶴空餘樓，古今已隔；
醉翁不在酒，山水之間。

北京大學畫法研究院客廳門題

悠然燕嶺，自在鷗庭。

母校黄金（黄土坡）小學校門題

黄土變黄金，一字之差，功賴程門立雪；
白丁來白鹿，千尋弗遠，善期孔子濡裘。[一]

注釋

[一] 老家湖南省岳陽市君山區許市鎮黄金村解放前原名「黄土坡」，解放後改名「黄金」。吾自幼年始在黄金小學、黄金初中就讀八年，可惜現如今只剩黄金小學矣！

廬山——成吉思汗（四字）詩鐘聯

憑觀直瀑，豈止彎弓？

引燃多叢叢烈火雄陣，終煉出時真時假、時虛時實、時進時縮巧妙，羽扇時動若金湯。

試以《紅樓夢》意對之云：

賈府幽隱，奈幾十餘個妙齡，滋生幾十餘個悲劇，終成滴漣漣落花殘燭，惟保存非禮非倫、非吟非哭、非夢非真願景，愛意非凡是紅樓。

爲博士開門弟子山西唐文明教授題

故紙邊緣走，赤子心中事，誠然但是；

孤峰頂上看，紅塵浪裏人，究竟如何？

爲門人長沙左高山博士題

道本屈賈，濂溪汨汨盈湘水，敢問誰開盛世新脈？

文從朱張，岳麓巍巍賦楚詞，當由我寫斯時大全。

爲門人岳陽余露博士題

拈花得微笑，寄君麓嶺秋聲賦；

立雪聽醉吟，還我荷塘太極圖。

為門人常德陳文娟博士題

德美幽蘭，蘭含燕嶺秋蘭賦；

文懷碧玉，玉浸荷塘漱玉詞。

為門人博士後佛門聖凱教授題

欲解煩心事，需早記入，此中熱烈勝三昧；

當逢暢意人，覓喜來聽，無上清涼在五臺。

悠齋清分

讀德國哲學家海德格爾《林中路》偶得詩鐘二聯

頂上人收天岸景，（高士）

林中路向故園心。（海德格爾與我）

檻外人遺木魚夢，（妙玉）

林中路向故園心。（海德格爾與我）

為門人揚州吳俊博士後題嵌字聯

吳帶當風，春岸花開西子瘦；

俊文契道，荷塘月照北辰高。

爲門人羊城謝惠媛博士題嵌字聯

惠契荷夏，文依五柳；
媛收穗秋，格喻三蘇。

爲門人江城劉雋博士題

詞章赤壁，驚濤曠遠；
品德濂溪，漱玉清華。

爲復旦友人鄧安慶（哲學）教授題

一壺在手，相約涅瓦黃昏後；
千載關心，獨醉蘭亭墨硯前。

爲門人商丘陶濤博士題

衣冠南渡，商丘玄鳥洛神賦；
葉蘭絶描，道子斲輪吴帯風。

爲門人濟南賈沛韜博士題

鳳凰涅槃，浴火重生泉湧道；
桃李争妍，成蹊自此杏壇開。

爲門人内蒙古錫林郭勒王韜洋博士題

草原流韻，長河路日憑誰寫；
天岸走霞，大野高山任我行。

爲上海華東師大曲阜付長珍教授題

獨上高樓，星繁月朗燭光影；
來回曲阜，杏美壇馨貝葉章。

爲親友、古琴好手岳陽李昕博士題

雲夢朝辭，遠客無忘憂樂序；
姑蘇夜泊，清彈只羡伯鍾間。

余英時先生以詩釋文之妙章——石頭（四、七句詩鐘）聯

集中含玉，人文可記紅樓夢。

詩外聽音，出史猶昭貝葉心。

雁——秋（蜂腰，七字詩鐘）聯

風寒北雁知南浦，月滿中秋憶故人。

水——煙（鳶肩，七字詩鐘）聯

遠望煙燒歸大隱，臨觀水逝寫流年。

題河北廊坊「七修書院」匾

七修一法門，人文互養心無二。

三立千秋事，體用相參道不孤。

口占蘇軾名句對聯

晨昏晝夜終歸去。

遠近高低各不同。（蘇軾句）

口占俗語對聯

萬戶千村爲所安，三皇五帝到如今。

莎翁——范曾先生六尺整張畫化爲四帖小畫（五、七句，詩鐘）聯

剪裁開妙境，畫壇稱霸斲輪手；
憂世喚神風，文藝復興無冕王。

爲紀念范曾先生畫十八高僧四十年題（五、七句）

妙筆光迦藍，法乳高堂四十載；
孤身入史乘，蓮花碧水三千年。

爲教育部「長江學者計劃二十週年——長江學者論壇（哲學，武漢大學，二〇一八年十月十三—十四日，武漢大學『帥府賓館』」題

長江岸上論長江，且接屈子騷吟，太白猿聲，東坡大賦，悄問二喬安好依然，惜鶴去樓空，崔李相聞留絶壁，感過往千帆競發，畢竟東流去！

帥府庭前説帥府，猶見孔明勁辯，周瑜駿影，孟德橫吟，但觀三鎮裕隆勝舊，嘆龜踞蛇繞，劉曹對飲數英雄，看今朝百業興旺，何如北戰休？

隨吟一聯以贈好友

談間信筆蘭亭序，酒後沉吟漱玉詞。

爲龔剛、李磊主編《七劍詩選》殺青題聯以代薦語

七劍復七賢，天山直下竹林邊，花柔問斷霜靈論，
一部廣陵散；
千行排千里，韻腑升騰雲鶴上，昊莽巡遊蝶夢圖，
三聲猿啼空。[一]

注釋

[一]「七劍詩人」分別自詡爲「花劍」、「柔劍」、「問劍」、「斷劍」、「霜劍」、「靈劍」、「論劍」，故得上聯中「花柔問斷霜靈論」句。

爲門下廊坊劉佳寶博士畢業赴西安執教題

西出陽關，若出函關，道留一部牛耳；
北棲燕嶺，還棲雁嶺，文從八家退之。

應邀爲《新華文摘》雜誌四十年華誕誌慶題賀

四十載披沙揀金，爬羅剔抉，端爲進學；
須臾間攬勝集錦，會飲和鳴，殊可游心。

爲温州醫科大劉嬋娟教授題

蘭亭羡墨池，誰書謝客南屏紙？
桂月圓秋夢，我卧江心玉海樓。

應邀爲寧城南京師大吴先伍教授題

且盡一壺，還圓瘦月；
欲窮千里，更上層樓。

應邀爲浙江師大馮吴青教授題嵌字聯

吴宇天風，雲鶴以外；
青峰大木，棟梁其中。

試對佛家語

持中依孔子，放下即如來。

爲門人西安董輝教授題

亹門哲彦，親雅典而稱典雅；
蕙質蘭心，沐華清始得清華。

悼念故鄉詩壇前輩林從龍先生敬輓

典雅或蹤屈子，或戀宓妃，捨南圖而稱北斗，先導乎已然萬衆；

無改襟懷，無忘楚韻，吟上月以引繁星，後來者何止三千。

爲友人寧城樊浩教授甲子華誕題賀

十二書煌煌甲子，四旬教鬱鬱三千。

爲友人寧城王小錫教授稀齡華誕題賀

大義真言，言開道德資本，終攀勝果；

宏門正學，學養文章信徒，再耀金陵。

爲鎮江王露璐教授題

潛心五柳東籬菊，望眼三山北固樓。

爲香港儒商馮燊均先生仙逝輓聯

慈懷國脈，念茲行茲，忠貞惶讓弦高後；

愛澤人文，憂矣樂矣，義善坦呈白祖前。

爲北京珍藏美術館題

典雅文中入典雅，珍藏閣里王珍藏。

爲友人衡陽王澤應教授題

燈傳石鼓，重光岳麓未荒會。

道契船山，永葆瀟湘居賈心。

敬輓北京大學哲學系朱德生先生

辯證唯物唯心，真智者，千秋大道存博雅。

識言與命與仁，好先生，一世中和尚未名。[一]

注釋

[一] 「博雅」指博雅塔，「未名」指未名湖，二者皆爲北京大學校園內著名景點。

北京——上海對聯

紫禁華鎮雍和，千年帝都，正大崇文真首善。

城隍盡漲浪漫，曠世金港，時髦尚賈大摩登。

爲門人辛迪博士論文主題意題

人無永生，智非遺産，二重性證新平等；
業在當市，心屬哲思，三昧禪申古自由。

爲門人西安辛迪博士題

雅典拈花欣典雅，清華立雪自華清。[一]

注釋

[一] 辛迪祖籍陝西，故借西安名勝「華清池」入聯。

悠齋偶得

雲空極目風高遠，韻動虛懷氣健雄。

自題聯

欣曠野而甘陋室，去陳言以賦新詞。

悠齋偶得聯

問道依青牛白馬，游心寄彩蝶蒼龍。

爲同仁浙江朱東華教授題

出三江以遊四海，遊兩校而領雙峰。

爲弟子長沙周謹平博士題

汲善乎孔顔樂處，率真者屈賈誠然。

敬輓恩師周公輔成先生

百年仁者壽，生命倫理不出人民二字；

孤燭朗如曦，蜡梅古風堪入李杜全詩。

爲二叔墓碑題一

歷盡人間風雨路，爲餘十里柏林圖。

爲二叔墓碑題聯二

古今依大道，天地證良心。

宗老聃教言以試聯而爲俊鋒弟題

依初心以輔新命，治大國如烹小鮮。

一任群芳爭妒厲，雪欺獨秀逸蒼茫。

為湘潭大學洪樹博士題

何總是查無此人？

比肩，卻謂平民；或謂群眾，難乎？且問煌煌浩史，為

陌上少叙，工程反復，柴米心憂身疲，敢與英雄試

本當說辛有勞者。

痛手？西曰上帝，東曰聖主，非也！須灑漫漫陳言，原

盤中常滿，廣廈飛來，世界日新月異，始斯造化誰

庚子五一勞動節聯誦

悠齋清韻

禮失求諸野，龍現見在田。

試對孔子箴言之二

禮失求諸野，文彰不在華。

試對孔子箴言之一

數千日文章，峰者高，嶺者低，高低景象賴縱覽。

三百壇老酒，釀之苦，藏之樂，苦樂年華堪記取。

應邀為《社會科學戰線》雜誌出刊三百期紀念題

爲湖南師大孫雯波教授題

筆放蘭江多嫵媚，心歸竹嶺自逍遥。

爲東南大學教授、溧陽王珏題

天目文心雕錦繡，南山竹海泛風流。

某年應邀以「北京精神」爲題應試，借北京名勝之名而試得一小聯

雍和首善，正大崇文。

爲北京師範大學出版社四十華誕慶典題

韋編不絶，四十年善功，美玉珍珠鋪錦繡；
數碼欣逢，三千載文脈，方塘活水注汪洋。

應中國圍棋協會主席林建超將軍之命以圍棋意題聯

黑白相加留一路，許是存心守空；
縱横反復樂雙雄，何當握手言和。

跋：林中路向故園心

我的職業是哲學，而且專攻道德哲學和政治哲學，這是一份講究理性和智慧且相當嚴肅的學術職業，因爲哲學的古希臘原義即是「愛智」、「崇理」，而無論道德還是政治都被世人看作是很嚴肅的事情。可我的心性所屬卻總是時不時地偏向於詩，一種自由心靈的歌吟，或者，一種嚮往心靈自由的志業。在世人的眼中，這志業的本性是情感與浪漫，似乎與嚴肅無關。因之，在志業與職業之間糾結了很長時間，直到中年我纔明白並確信，詩與哲學原本一體，進而，詩、史、思也相通，以浪漫化解嚴肅的緊張，或者將嚴肅托付於浪漫情感的表達，都

應當是可能的，甚至是自然而然的，更何況作爲靈性的動物，人類本該「詩意地棲居」（現代德國哲人海德格爾語），或曰：詩意地活著。

然而對我來説，能明乎此又不是一件容易的事。箇中緣由，一則緣自我天性愚鈍卻率性、膽怯卻耿直、多愁善感卻孤傲剛烈，而這些性格因素本身便是相互抵牾的，性格的矛盾衝撞常常讓我深陷困惑乃至迷茫。困惑與迷茫不僅讓人好思而沉思，也讓人充滿好奇且驚詫，而這些恰恰是哲學與詩之所以孿生的温床。二則緣自我後天境遇的被動曲折卻總有「道德幸運」（moral lucky）：我不善交友卻時有幸運，總能在生活的行進中遇到詩情洋溢的業師和朋友。少年時跟隨家父學聯學詩，高中時期已能應邀爲鄉親鄰友家的婚喪嫁娶之紅白喜事題寫對聯，掙得幾杯渾酒，一頓佳餚。高中畢業後，幾多失學無讀的憂愁，幸好因爲同學哥哥的影響而開始學著寫現代詩、曲藝甚至花鼓戲劇本。這位大兄長

二十歲便開始在家鄉的文學刊物《洞庭湖》、《湘江文藝》等雜誌上發表詩歌和花鼓戲劇本，自然成了我的偶像，加上其好爲人師的性格，很快我成了他指點教化的對象。同我兒時的私塾先生相比，他的指點教化簡直「太人性」、「太自由浪漫」了。記得正是在他的手舞足蹈之間，我被教會寫成了第一首新詩，後來我們還在一邊吃火鍋一邊侃大山的好幾個夜晚，合作編成了一個很好玩的關於知識青年與鄉下妹子談情説愛的故事，寫出了上下兩幕花鼓戲劇本《廣闊天地》。我的初、高中語文老師劉長敬先生、羅爲民先生也都是極好的文學詩詞導師，他們不僅豪情萬丈，而且「膽大包天」。試舉例説明之：我的初中老師總喜歡在語文課本之外添加一些詩詞歌謡之類的「私貨」，讓我們喜出望外，爲此我記住了他的名字：劉長敬老師。比劉老師更大膽的是我的高中語文老師羅爲民先生，他在講授毛澤東主席的《卜算子·詠梅》時，專門講到

了郭沫若先生的和句，竟然用他的衡陽普通話慷慨地説，郭老的和句「出律」、「欠工整」，云云。這讓我和同學們聽得目瞪口呆，轉而卻在課下竊竊私語：「媽呀！羅老師太牛了，連郭老的詞都敢批評！」

時過境遷，曾經的驚訝歸於平常。待到我走進大學，正逢思想解放，詩歌朦朧，文學傷感，我確信我的文心詩心自由釋放的時刻已然到來。可命運依舊一如既往地坎坷不平。我的高中校長告訴我，我在高考中得了兩個全省第二：政治和歷史均在九十三分之上，千年的「老二」竟然無法功德圓滿，我被莫名其妙地取録到中山大學哲學系。我曾經爲實現轉入中文系或歷史系的理想奔波求助了整整一個學期，終因已發作品不夠而未果。好在同學們自發成立了「中山大學紫金詩社」，幾次「詩鐘」活動之後，我被選爲詩社

的骨幹和《紫金》詩刊的副主編。感謝康樂園裏的紫金詩社和我們的首任社長辛磊同學，讓我因此見識了江河、青天等朦朧詩人，消解了幾多詩愁！

再入北大燕園，眼前的未名湖已然化爲心底的海洋。業師周公輔成先生雖授業西方道德哲學，卻一生浸淫舊學故紙，詩詞聯賦無所不精。記得每週一次的單獨面授基本上半是西洋半是中學，三分希臘三分先秦，餘下的幾分便是時勢評論，或者文創詩吟。先生談詩吟唱，樂不可支，甚至編寫過歷史劇本，還笑著叮囑我：「此乃汝等師伯吴晗先生之人生苦諦，故國文化史之黑幕，不可與外人語矣！」我偶爾也斗膽呈上無畏小子的詩詞聯語習作，祈求師父指點迷津，但多數時候只引得先生的大段典故和學界逸事外傳，極少直接點評。很久以後，我纔慢慢體會，先生的點評裁奪其實已作春秋高談而隱含在談笑之間，只是愚鈍的我未能及時頓悟罷了。當然，先生也不時提醒我，這類老式的文人雅趣

只能作爲學習正餐外的點心調劑，他總怕我沉溺其中而誤了正業。也正因爲如此，我的詩文之癢不知不覺被「壓抑」了二十餘年，直到我十年前幸遇十翼范曾先生。

二〇一〇年冬拜識范曾先生是我人生中的一件大事。因爲策劃范曾、杜維明二位先生在母校北京大學舉行的文化對話《天與人：儒學走向世界的前瞻》之系列講座暨電視專題片的機緣，我得以結識十翼先生並成爲其所主持的「碧水長流詩鐘」的參與者和學習者，從此有機會厠身抱沖齋擊節唱和。先生往往以「酸」字呼朋引類爲聚會吟詩之口令，其實先生最惡此字，以爲詩人詬病，莫此爲大。故題屏幅授劉波兄謂「酸言務去」。「酸」詩之召乃謂諧謔反諷以爲警耳。厠身范室，如耳詩鐘，對於中年的我，自然是再好不過的際遇了。而且事實上，跟隨先

圖書在版編目（CIP）數據

悠齋清吟：悠齋詩詞聯語初集／萬俊人著．—北京：中華書局，2021.3
ISBN 978-7-101-15099-5

Ⅰ.悠…　Ⅱ.萬…　Ⅲ.詩詞—作品集—中國—當代
Ⅳ.I227

中國版本圖書館CIP數據核字(2021)第038160號

悠齋清吟：悠齋詩詞聯語初集

著　　者　萬俊人
責任編輯　許旭虹
裝幀設計　許麗娟
出版發行　中華書局
（北京市豐臺區太平橋西里三十八號　100073）
http://www.zhbc.com.cn
E-mail:zhbc@zhbc.com.cn
印　　刷　杭州蕭山古籍印務有限公司
版　　次　二〇二一年三月北京第一版
二〇二一年三月杭州第一次印刷
書　　號　ISBN 978-7-101-15099-5
定　　價　三百九十六元

9 787101 150995 >